AF870799

Disney

Zootrópolis 2

cliper

Papel certificado por el Forest Stewardship Council®

MIXTO
Papel | Apoyando la silvicultura responsable
FSC® C117695

Penguin Random House Grupo Editorial

Primera edición: noviembre de 2025

© 2025 Disney Enterprises, Inc. All rights reserved.

© 2025, publicado por Penguin Random House Grupo Editorial, S.A.U.
Travessera de Gràcia, 47-49. 08021 Barcelona

Penguin Random House Grupo Editorial apoya la protección de la propiedad intelectual. La propiedad intelectual estimula la creatividad, defiende la diversidad en el ámbito de las ideas y el conocimiento, promueve la libre expresión y favorece una cultura viva. Gracias por comprar una edición autorizada de este libro y por respetar las leyes de propiedad intelectual al no reproducir ni distribuir ninguna parte de esta obra por ningún medio sin permiso. Al hacerlo está respaldando a los autores y permitiendo que PRHGE continúe publicando libros para todos los lectores. Ninguna parte de este libro puede ser utilizada o reproducida con el propósito de entrenar tecnologías o sistemas de inteligencia artificial. PRHGE se reserva expresamente la reproducción, la extracción y el uso de esta obra y de cualquiera de sus elementos para fines de minería de textos y datos y el uso a medios de lectura mecánica u otros medios que resulten adecuados (art. 67.3 del Real Decreto Ley 24/2021). Diríjase a CEDRO (Centro Español de Derechos Reprográficos, http://www.cedro.org) si necesita reproducir algún fragmento de esta obra.
En caso de necesidad, contacte con: seguridadproductos@penguinrandomhouse.com

Printed in Spain – Impreso en España

ISBN: 978-84-19487-51-3
Depósito legal: B-14.594-2025

Diseño y maquetación: Rebeca Podio Jiménez

Impreso en Talleres Gráficos Soler S.A.
Esplugues de Llobregat (Barcelona)

DS 87513

APRENDO CON Disney

Disney ZOOTRÓPOLIS 2

Información para los padres y educadores

Leer aporta grandes beneficios a todas las personas. Es fundamental promover en nuestros hijos el amor por la lectura, una tarea que a veces no resulta nada fácil debido a que otras actividades de ocio pueden resultar, inicialmente, más atrayentes. Por este motivo, es muy importante que desde bien pequeños aprendan a leer e inculcar en ellos este hábito.
La lectura ayuda a que los niños estimulen su imaginación y creatividad –haciendo que sientan más interés por las cosas que les rodean– y, además, aumenten sus conocimientos y cultura generales.

Este es un libro pensado para que los niños a partir de 6-7 años lean diariamente, aprendan nuevas palabras y sonidos (fonemas), mejoren el uso del vocabulario y desarrollen su agilidad mental con los ejercicios de comprensión lectora, lenguaje, memoria y lógica que aparecen intercalados en la historia.

En él encontraréis:

Un cuento basado en una película Disney con sus personajes principales como protagonistas, escritos en letra de imprenta y adaptado al público infantil.

Actividades de comprensión lectora en cada página, un recurso muy utilizado para que el niño sea consciente de lo que va leyendo y, de esta forma, motivar y asegurar una total concentración en la lectura. Se trata de preguntas para responder basándose en el texto leído, los propios conocimientos y los materiales que se trabajan paralelamente en el aula.

Ejercicios educativos intercalados en la historia en formato de dobles páginas en los que, a través de pasatiempos, laberintos, crucigramas, adivinanzas y textos encriptados entre otros, los niños aprenderán a relacionar conceptos e ideas, resolverán problemas e incógnitas, reconocerán la veracidad o falsedad de una oración, aprenderán nuevo léxico, sinónimos y antónimos y ordenarán palabras y frases complejas.

Las soluciones a todas las actividades propuestas se incluyen al final del libro.

Es imprescindible concienciarnos de las virtudes que tendrá de cara al futuro de los niños el hecho de que, desde temprana edad, aprendan a disfrutar y a divertirse con un buen libro. Conseguirán, asimismo, mejorar su rendimiento en el colegio y expresar con mayor exactitud lo que piensan y lo que sienten y desarrollarán su memoria y capacidad de concentración.

¡Bruuum! Los agentes Judy Hopkins y Nick Wilde pasan zumbando por las calles de Zootrópolis en persecución de Antony, el oso hormiguero que ha robado una furgoneta de catering.

Momentos antes, la pareja ha intentado arrestarlo por contrabando de bienes ilegales en el astillero, pero se ha dado a la fuga.

— ¡Apartaos, novatos! —grita el capitán Hoggbottom desde un coche patrulla, detrás de ellos—. ¡Dejad que se encargue el equipo oficial!

— ¡Nosotros somos el equipo oficial! —declara Judy pisando fuerte el acelerador.

De repente, Antony choca con una señal de tráfico, pierde el control de la furgoneta y gira en dirección a la celebración del Zoontenario.

Judy salta dentro del vehículo desviándolo, pero se choca con la estatua de Ebenezer Lynxley, el célebre inventor de los muros climáticos de Zootrópolis. En ese momento, llegan los Zebros y se llevan el mérito por el arresto de Antony, pero Judy ve una piel de serpiente en la parte trasera de la furgoneta. Pero... ¡no había serpientes en Zootrópolis!

De vuelta en la comisaria, el jefe Bogo regaña a Judy y Nick por destrozar la ciudad y poner en riesgo a los civiles. Acusa a Judy de implicarse demasiado, lo que llevaba a decisiones imprudentes. Y Nick, que siempre está haciendo bromas, parecía no preocuparse lo suficiente.

Les prohíbe trabajar en ningún caso y amenaza con separarles, a menos que realicen una misión especial.

Tienen que asistir a una sesión de "Socios en Crisis" con el Dr. Fuzzby. Ellos no creen que sean una pareja incompatible pero, ¿qué otra opción tienen?

¿Te has enfadado alguna vez con un amigo?

Hello
NICK
Hello
CLARK

ACTIVIDADES

1 Nick y Judy se han visto envueltos en una persecución junto a los Zebros. Recorre el laberinto y descubre qué equipo llega al centro.

2 Ordena las letras y escribe qué animales son Nick y Judy.

ROZOR _ _ _ _ _

NECJOA _ _ _ _ _ _

3 El jefe Bogo cree que Nick y Judy necesitan ir a terapia de pareja. Relaciona cada palabra con su sinónimo y forma parejas perfectas.

RÁPIDO	TRABAJO
OFICIO	PRINCIPIANTE
TRANQUILO	TRIUNFAR
DIFÍCIL	VELOZ
GANAR	SERENO
NOVATO	COMPLICADO

4 Escoge tres palabras del ejercicio anterior y escribe sus antónimos.

1 ______________ ≠ ______________

2 ______________ ≠ ______________

3 ______________ ≠ ______________

Judy ve en las noticias que esa noche tiene lugar la Gala del Zoontenario en la Mansión Lynxley. Hay mucha expectación por el famoso diario de Ebenezer Lynxley, que se exhibe por primera vez desde el trágico día, hace cien años, en que una tortuga fue atacada por una serpiente que quería robarlo.

Recordando la piel de serpiente que había visto en la furgoneta, a Judy le preocupa que vuelva a suceder algo similar. A regañadientes Nick cede, aunque teme que si algo sale mal el Jefe Bogo les separe. Se disfrazan y acuden a la gala. En seguida, localizan el diario y Judy se acerca a verlo. Se da cuenta de que la cubierta del diario es de metal.

— Aquí no está pasando nada —dice Nick por el pinganillo, pero Judy está hablando con el encantador Pawbert y lo apaga.

— ¡Hola, papá! —dice Pawbert a Milton, el famoso nieto de Ebenezer, en voz baja. ¡Judy se da cuenta de que ha estado hablando con un Lynxley!

¿Te has disfrazado alguna vez? ¿De qué?

Cuando Milton sube al escenario, Nick ve algo en el suelo: ¡un trozo de piel de serpiente!

— ¡Zanahorias!... ¿Judy, me oyes? Tengo una pista —susurra Nick.

Mientras el alcalde Winddancer anunciaba los planes de Milton para expandir Zootrópolis, Nick se topa con Bogo, y en ese momento cae del techo ¡una enorme víbora!

Judy persigue a la serpiente hasta el estudio, donde ve que está obligando a Milton a abrir el diario.

—No le hagas daño —exclama Judy.

—¿Hacerle daño? —dice confundida la serpiente—; las serpientes no hacemos daño a nadie.

La serpiente intenta convencer a Judy de que los malos son, en realidad, los Lynxley, pero en ese momento entra Nick y golpea a la serpiente en la cabeza con una sartén.

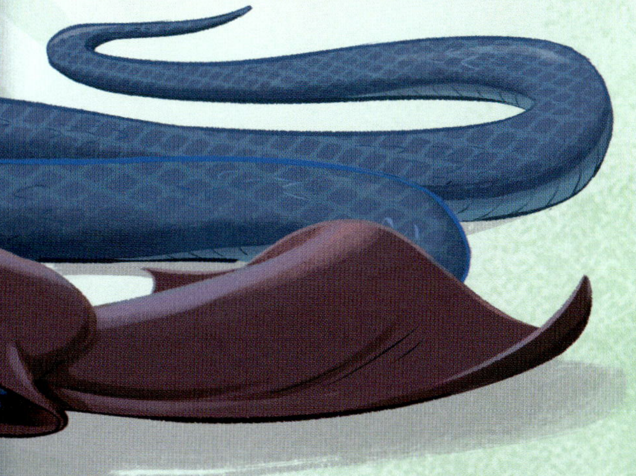

ACTIVIDADES

1 En la Gala, Judy entabla conversación con Pawbert. Observa las imágenes y busca las seis diferencias. Pinta una huella cada vez que encuentres.

2 Hay mucha expectación por el diario de Ebenezer Lynxley. ¿Qué crees que puede contener? Escribe las ideas que se te ocurran.

3 Las serpientes se desplazan reptando, es decir, arrastrándose por el suelo. Sigue el camino que ha dejado a su paso.

Nick se da cuenta del error demasiado tarde. Milton ordena a sus hermanos, Cattrick y Kitty, deshacerse de la serpiente y del diario.

Judy y Nick intentan salvar el diario de los Lynxley. Quieren huir con la serpiente que se despierta sobresaltada justo cuando entra el Jefe Bogo en la habitación. Por accidente se chocan y se le clava uno de sus colmillos.

—¿Qué habéis hecho? —les grita el capitán Hoggbottom. Los Lynxley les acusan de ayudar a la serpiente e intentar matar a Bogo.

Veloces, cogen el diario y a la serpiente y saltan por la ventana. Mientras intentan huir aparece Don Bruto Mascarpone con sus secuaces y los meten en su limusina.

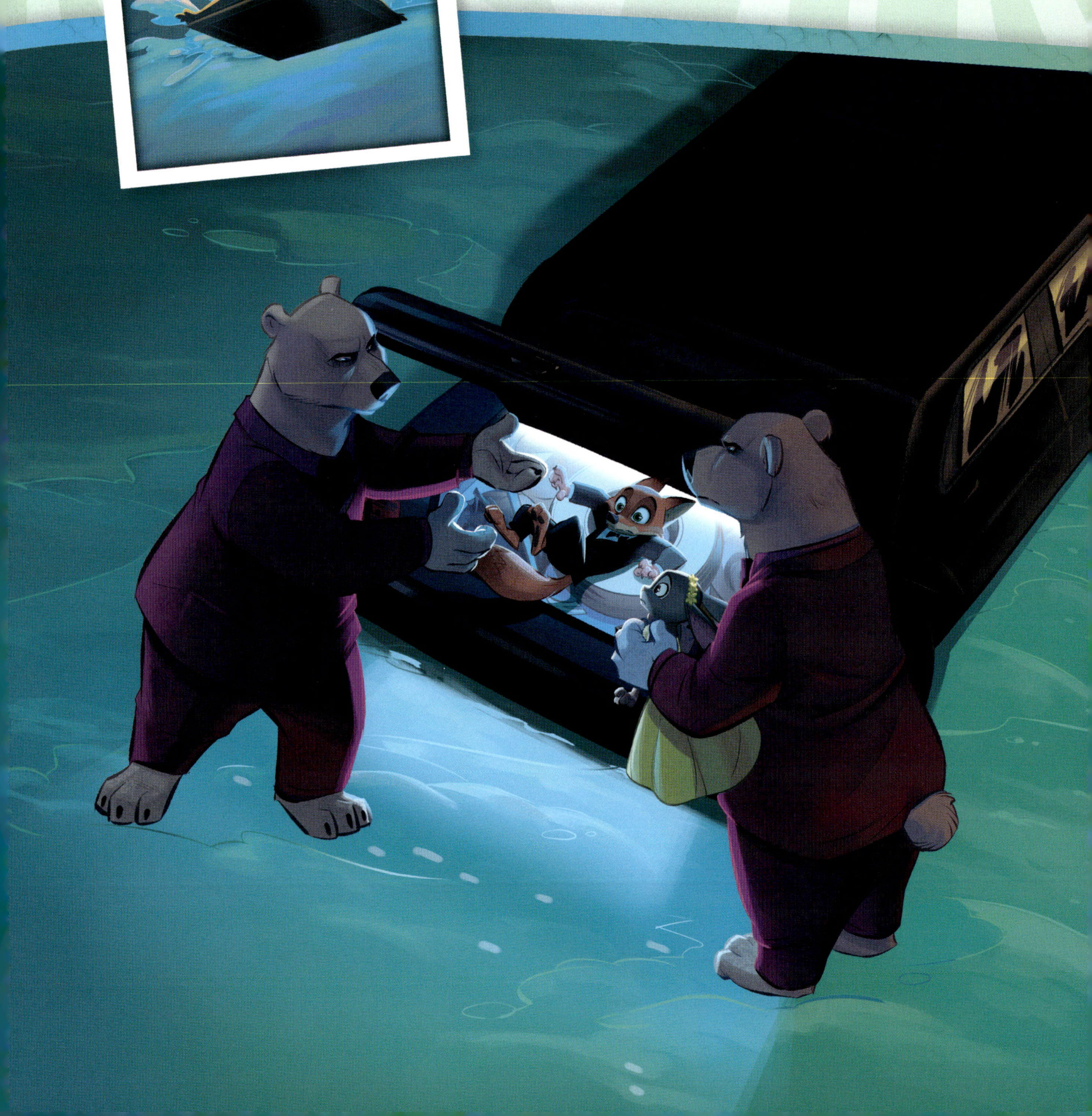

Don Bruto Mascarpone, sabiendo que Milton Lynxley acabará con cualquiera que intente frenar la expansión de Zootrópolis, ofrece a Nick y Judy una nueva identidad, nueva ropa y una manera de salir de la ciudad.

Pero Judy está convencida de que podrá resolver el caso. Cree que podrá averiguar qué información hay en el diario que explique el papel que han jugado las serpientes en la trama.

Don Bruto y Fru Fru, su hija, conocen a la persona perfecta para ayudar: la podcaster Nibbles Maplestik, un castor un tanto ansioso.

Nick tiene dudas respecto a trabajar con Nibbles, pero Judy le convence de que, si no han conseguido nada de información para el amanecer del día siguiente, aceptarán la oferta de Don Bruto y huirán de la ciudad con identidades falsas.

¿Sabrías decir qué animales aparecen en la imagen?

ACTIVIDADES

1 Don Bruto es un mafioso al que más vale tenerlo como amigo que como enemigo. Observa la imagen y marca en verde las frases verdaderas y en rojo las falsas.

1. Don Bruto, su hija y su nieta son nutrias. ◯
2. Los tres están sentados en un sofá con el reposabrazos en forma de queso. ◯
3. Don Bruto y su hija Fru Fru llevan pajaritas. ◯
4. Fru Fru es la única que tiene los ojos abiertos. ◯
5. La nieta de Bruto lleva un lazo amarillo en el pelo. ◯

2 Nick y Judy van a toda velocidad por las calles de Zootrópolis. Pisa el acelerador y sigue su recorrido haciendo caso de las indicaciones en cada casilla.

3 Escribe el nombre de tus abuelos.

¿Qué animal puede leer el metal?

Gracias a Nibbles llegan a una guarida de reptiles donde, con la ayuda de Jesús, su amigo lagarto, averiguan que... la cubierta de metal del diario contiene un secreto que solo una serpiente puede ver, y que ese secreto es la razón por la que las serpientes abandonaron Zootrópolis.

Suena una campana avisando de la llegada de la policía de Zootrópolis y cuando Judy y Nick están corriendo para esconderse, una serpiente le quita de las manos el diario a Judy.

—Lo siento, pero tengo que ayudar a mi familia —se traga el diario y se desliza hasta el agua.

Dentro de
la riñonera hay
un bolígrafo que
contiene un
líquido.
¿Qué será?

La persiguen hasta el sistema de tuberías, cogen aire y saltan detrás de la serpiente. Nick intenta convencer a Judy de tomar una salida de emergencia antes de ahogarse, pero Judy no se rinde. Nada hasta la serpiente, agarra la riñonera que lleva y… ¡zas!

La tubería escupe a la pareja, empapados, sin aliento y frustrados, al pie de un acantilado.

Discuten porque cada uno quiere cosas distintas. Al hacerlo, el boli de zanahoria de Judy se cae y se rompe.

A pesar de la discusión terminan encontrando la guarida de la serpiente.

Allí Judy encuentra una fotografía antigua en la que se ve a una tortuga junto a una serpiente, en sus manos tiene una caja de

madera. Se da cuenta de que Zootrópolis había tenido un barrio de reptiles en el pasado. ¿Incriminaría Lynxley a las serpientes para expandir Distrito Tundra?

¡Boom! La policía de Zootrópolis entra en la cabaña, destruyéndola más de lo que ya está. Nick cae por un agujero en el suelo y Judy se lanza a salvar la foto.

¿Quién salía en la fotografía que ha salvado Judy?

ACTIVIDADES

1 En Zootrópolis las serpientes tienen la habilidad de leer un lenguaje secreto. Sigue la leyenda y descifra el mensaje.

2 Y tú, ¿tienes alguna habilidad especial? Escríbela.

3 En esta sopa de letras se esconden cinco emociones que seguro que has sentido alguna vez. Encuéntralas.

ALEGRÍA

TRISTEZA

RABIA

MIEDO

ENFADO

E	N	F	A	D	O	W	O	Ñ
B	A	I	R	G	E	L	A	E
E	B	F	T	D	G	Z	O	Ñ
I	S	V	U	P	E	A	Z	O
G	B	F	T	T	E	W	O	D
T	S	V	S	P	I	A	Z	E
R	B	I	T	D	E	W	O	I
O	R	A	B	I	A	X	Z	M
T	S	V	U	P	I	A	Z	U

4 Fíjate en las expresiones de Nick y Judy. ¿Qué emociones crees que les representa mejor? ¿Por qué?

Inesperadamente aparece Pawbert Lynxley con ¡la serpiente!

—Sé lo que hizo mi familia —le dice Pawbert a Judy—. Ayúdanos a encontrar las pruebas y nunca volverán a lastimar a nadie.

Judy no está segura de si quedarse con Nick o irse con Pawbert y la serpiente. Pero antes de que pueda decidirse, le alcanza un dardo tranquilizante.

Nick ve como Pawbert y la serpiente se la llevan inconsciente, pero no puede hacer nada porque la policía le detiene.

Cattrick había encontrado algo en la escena: un mechón de pelo de Pawbert. Ahora los Lynxley saben que Pawbert ha ayudado a Judy a escapar.

ZOOTOPIA

Judy se despierta en el sidecar de la moto de Pawbert, sentada junto a la serpiente, que se presenta como Gary De'Snake.

Le prometen que ellos detendrán a los Lynxley y salvarán a su compañero.

Pawbert le explica que las serpientes pueden ver el calor, por lo que pueden ver imágenes en el metal que los mamíferos no ven.

Llega el momento de desvelar el secreto del diario.

ACTIVIDADES

Zootrópolis es una ciudad llena de contrastes. Tiene una zona helada, desiertos secos y calurosos, lugares asfaltados y con millones de luces y espacios verdes con pantanos húmedos. Este es uno de ellos. Busca y encuentra estos elementos.

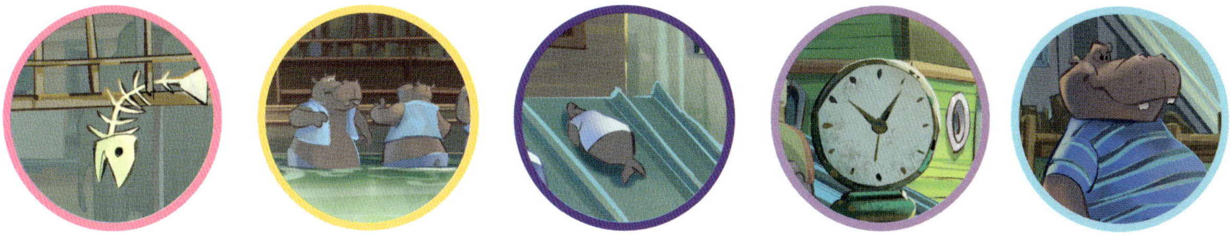

Welcome to
MARSH
MARKET
Jewel of
ZOOTOPIA

Gracias a Gary, Judy descubre que el diario nunca había pertenecido a Ebenezer Lynxley. De hecho, ¡ni siquiera había inventado los muros climáticos! Había sido Agnes, la bisabuela de Gary, quien quería construir un lugar en el que todos los

Una patente es un certificado que te dice que una idea es solo tuya y que nadie puede usarla sin preguntarte primero.

animales pudieran vivir juntos, incluidos los reptiles. Además, tenía una patente que demostraba que la idea era suya. Cuando Agnes le pidió a Ebenezer ser socios, este le robó el diario, arrancó la página de la patente y la tiró a la chimenea.

La niñera de los Lynxley, una tortuga, rescató la página y fue en busca de su amiga, Agnes.

Ebenezer siguió a la tortuga y la atacó, pero ¡hizo parecer que había sido Agnes quien la había atacado!

Por suerte, la tortuga consiguió darle la patente a Agnes, que la escondió antes de que llegara la policía.

Gary explica que no sabían dónde había quedado enterrada la casa de su abuela, hasta ahora.

Judy estudia la foto de Agnes y se fija en la torre del reloj, ¡si encienden la luz del Barranco de los Reptiles podrán encontrarla!

Se ponen manos a la obra, una vez tengan la patente podrán demostrar que Agnes, y también Judy y Nick, son inocentes.

Mientras tanto Nick se ha encontrado con Nibbles en los calabozos, y gracias a ella han conseguido salir de la celda.

¿Quién ayuda a Nick a salir del calabozo?

ACTIVIDADES

1 Judy es muy observadora y enseguida ve un reloj en la foto de Agnes. ¡Ahora te toca a ti! Fíjate bien en estos relojes y señala la hora correcta.

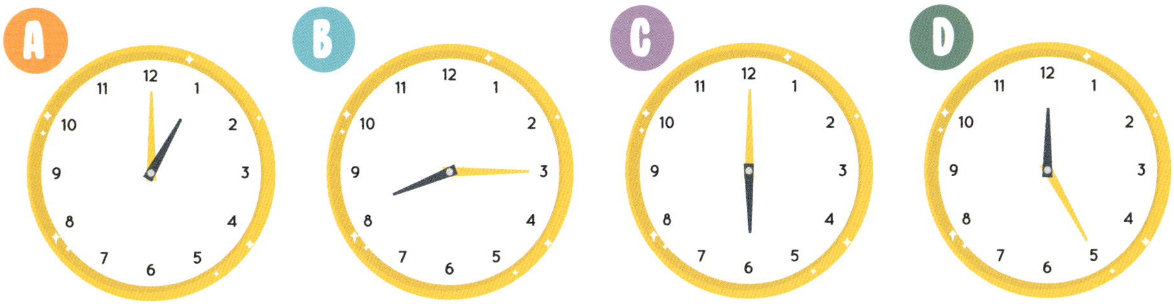

A 12:00 / 2:00 / 1:00

C 12:00 / 6:00 / 5:00

B 8:15 / 3:45 / 8:30

D 12:30 / 12:25 / 5:00

2 Señala en estos relojes a qué hora te despiertas, a qué hora comes y a qué hora te vas a dormir.

ME DESPIERTO

VOY A COMER

VOY A DORMIR

3 Nick ha conseguido salir de la celda gracias a Nibbles. Busca la sombra que encaja con la pose del castor.

4 ¿Qué lleva Nibbles en las manos? Escríbelo.

Hoggbottom dice a su equipo que se ha localizado a Judy en las Dunas del Desierto. ¡Se tienen que dar prisa, Judy está en peligro! Nick y Nibbles piden ayuda a Flash, lento en tierra pero veloz en su coche de carreras. ¡Tienen que encontrar a Judy antes que nadie!

Judy está en el festival Burning Mammal con Gary y Pawbert, corriendo hacia la central eléctrica de la torre climática. Judy intenta usar el diario como guía para encender las luces de la torre del reloj del Barranco de los Reptiles. Por fin ven una luz en la montaña.

—¿Lo hemos conseguido? ¿Encontramos la página de la patente?— pregunta Pawbert emocionado. ¡Entonces se gira e inyecta veneno a Judy!— No te enfades, de verdad quiero hacer del mundo un lugar mejor... para mí. —Pawbert está convencido de que por fin será un miembro importante de su familia. Se lleva la riñonera de Gary con el antídoto y va en busca de Nick.

¿Por qué traiciona Pawbert a Judy?

Gary se enrosca alrededor de Judy mientras Judy pierde el conocimiento. Pawbert encuentra a Nick en la azotea, forcejean y el antídoto sale disparado, pero Gary consigue alcanzarlo. Sin embargo, Nick y Pawbert han dejado de estar sobre el muro climático y están sobre un trozo de hielo que se está desprendiendo.

Nick está dispuesto a sacrificarse por Judy, sabe que ella haría lo mismo por él.

Gary le inyecta el antídoto a Judy, que se despierta inmediatamente y corre a salvar a Nick.

ACTIVIDADES

1 La torre del reloj está en la cúspide de una montaña helada. Busca entre estos copos de nieve el único que aparece una sola vez.

2 Escribe los números que faltan en estas series.

4 7 ___ 13 ___ 19

___ 19 17 ___ 13 11

3 En Zootrópolis conviven en armonía muchos animales. ¿Sabrías relacionar el nombre de cada uno de ellos con su traducción al inglés?

CONEJO	**LYNX**
ZORRO	**BEAVER**
BÚFALO	**RABBIT**
OVEJA	**FOX**
LINCE	**BUFFALO**
CASTOR	**SHEEP**

4 ¿Cuál es tu animal favorito?
Dibújalo y escribe su nombre en inglés.

¿Has pedido perdón alguna vez? ¿Por qué?

Justo a tiempo, Judy agarra la pata de Nick y se quedan colgando del muro antes de que Gary les suba de nuevo a la azotea. Nick y Judy se abrazan.

Nick confiesa que estaba asustado de perderla porque es muy importante para él y Judy le dice que nunca debería haberle dejado atrás porque no quiere a nadie más como compañero. Ven que Pawbert corre hacia la Mansión Lynxley y corren tras él.

Judy y Nick le siguen por un gran laberinto de nieve. Juntos piensan un plan y alcanzan a Pawbert. Lo consiguen tumbar sobre la nieve y junto con Nibbles y Gary se encargan de evitar que destruya la casa.

Dentro parece que no haya pasado el tiempo. Todos los cuadernos de Agnes aún se encuentran en las estanterías, con sus cubiertas de metal. También en la estantería ¡la caja de madera que sale en la foto!

Abren la caja y...
¡por fin! ¡Han encontrado la patente de Agnes! La noticia de que Ebenezer Lynxley no fue el verdadero inventor corre rápidamente por Zootrópolis.

¿Quién fue el verdadero inventor de Zootrópolis?

ACTIVIDADES

1 Nick y Judy han conseguidos resolver el caso. ¿Recuerdas en qué orden se han desarrollado los sucesos?

2 La familia Lynxley es egoísta y despiadada. Sigue las pistas para saber a qué miembro empezamos a investigar primero.

- **No lleva casco**
- **No tiene la boca abierta**
- **Tiene los brazos cruzados**
- **Viste traje naranja**

3 Escribe el nombre de la sospechosa.

KITTY

Arrestan a la familia Lynxley por robar los planos e inculpar a la serpiente para su propio beneficio.

Pawbert finalmente tiene su lugar en la familia… en prisión.

También están recibiendo mucha atención Judy y Nick, a los que ahora se conoce como el "equipo ideal".

Incluso Dr. Fuzzby les invita a la clase de terapia de parejas como un ejemplo de una pareja fuerte. Explican cómo sus diferencias son las que les hacen mejores juntos.

¡Por fin las serpientes pueden volver al Barranco de los Reptiles! Gary ha montado una fiesta en la antigua casa de Agnes De'Snake y ha invitado a toda su familia, además de los amigos que han ayudado a limpiar su nombre.

En la fiesta, Nick le da a Judy un regalo especial: ¡el boli de zanahoria! Lo encontró y ha estado arreglándolo.

—Te quiero, compañera —admite, bromeando que solo se lo dirá una vez cada década. Judy sonríe y le da al botón del boli.

—Te quiero, compañera —dice la grabación. Cuando Nick le pide que le devuelva el boli, Judy promete hacerlo después de su próximo caso.

SOLUCIONES

PÁGINA 10-11

1

2 ZORRO CONEJA

3

RÁPIDO	TRABAJO
OFICIO	PRINCIPIANTE
TRANQUILO	TRIUNFAR
DIFÍCIL	VELOZ
GANAR	SERENO
NOVATO	COMPLICADO

PÁGINA 18-19

1

PÁGINA 26-27

1

1. Don Bruto, su hija y su nieta son nutrias. ✗
2. Los tres están sentados en un sofá con el reposabrazos en forma de queso. ✓
3. Don Bruto y su hija Fru Fru llevan pajaritas. ✗
4. Fru Fru es la única que tiene los ojos abiertos. ✓
5. La nieta de Bruto lleva un lazo amarillo en el pelo. ✗

2 = 41

PÁGINA 34-35

1 LA CLAVE ESTÁ EN EL DIARIO.

3

E	N	F	A	D	O	W	O	Ñ
B	A	I	R	G	E	L	A	E
E	B	F	T	D	G	Z	O	Ñ
I	S	V	U	P	E	A	Z	O
G	B	F	T	T	E	W	O	D
T	S	V	S	P	I	A	Z	E
R	B	I	T	D	E	W	O	I
O	R	A	B	I	A	X	Z	M
T	S	V	U	P	I	A	Z	U

PÁGINA 40-41

PÁGINA 48-49

1

A 12:00 / 2:00 / 1:00 (circled: 1:00)

B 8:15 / 3:45 / 8:30 (circled: 8:15)

C 12:00 / 6:00 / 5:00 (circled: 6:00)

D 12:30 / 12:25 / 5:00 (circled: 12:25)

3

4 UN PESCADO

PÁGINA 56-57

1

2

4 7 **10** 13 **16** 19

21 19 17 **15** 13 11

3

CONEJO	RABBIT
ZORRO	FOX
BÚFALO	BUFFALO
OVEJA	SHEEP
LINCE	LYNX
CASTOR	BEAVER

PÁGINA 64-65

1

2

Otros títulos de la colección:

En esta colección se relatan las historias de tus películas Disney favoritas intercalando páginas de actividades. De esta manera, el niño desarrolla la comprensión lectora y la memoria.

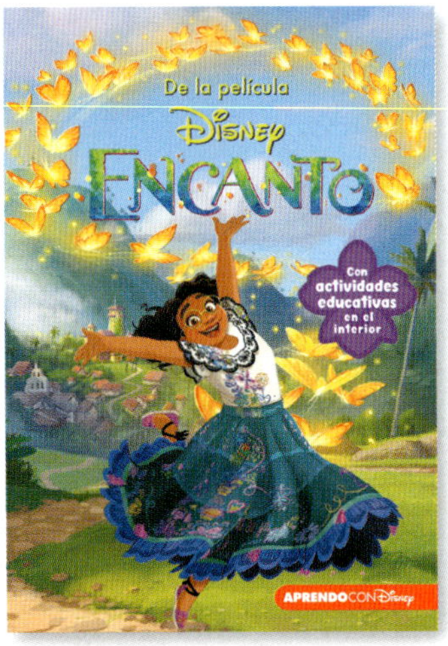